Título original: *Toutes les choses avec lesquelles*

Originalmente publicado por hélium, París

© hélium / Actes Sud, 2015

Texto e ilustraciones: Gaïa Stella

© Traducción: Isabel de Miquel, 2019

© Plataforma Editorial, 2019

Derechos de traducción concedidos a través
de Isabelle Torrubia Agencia Literaria

ISBN: 978-84-17886-07-3

Depósito legal: B 20263-2019

Impreso en España

Gaïa Stella

TODAS LAS COSAS

Un libro de primeras palabras… y algo más

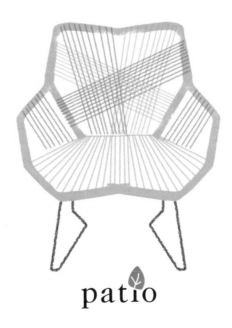

patio

Me llamo Olga. ¿Me ves?
Vivo en este edificio con mi familia,
en la primera planta. En mi casa
hay muchas cosas, y cada una de ellas
tiene un nombre y una utilidad.

butaca

mecedora

silla de la entrada

taburete
de bar

caballito
balancín

sillón
de rejilla

sillón
de mimbre

reposapiés

sillón con reposabrazos

silla del pasillo

silla
de la cocina

columpio

Todas las cosas sobre las que puedo sentarme

banqueta

tres libros

silla de la habitación

banco

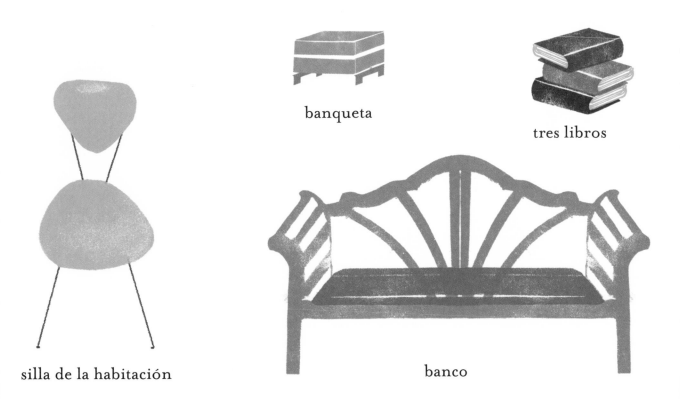

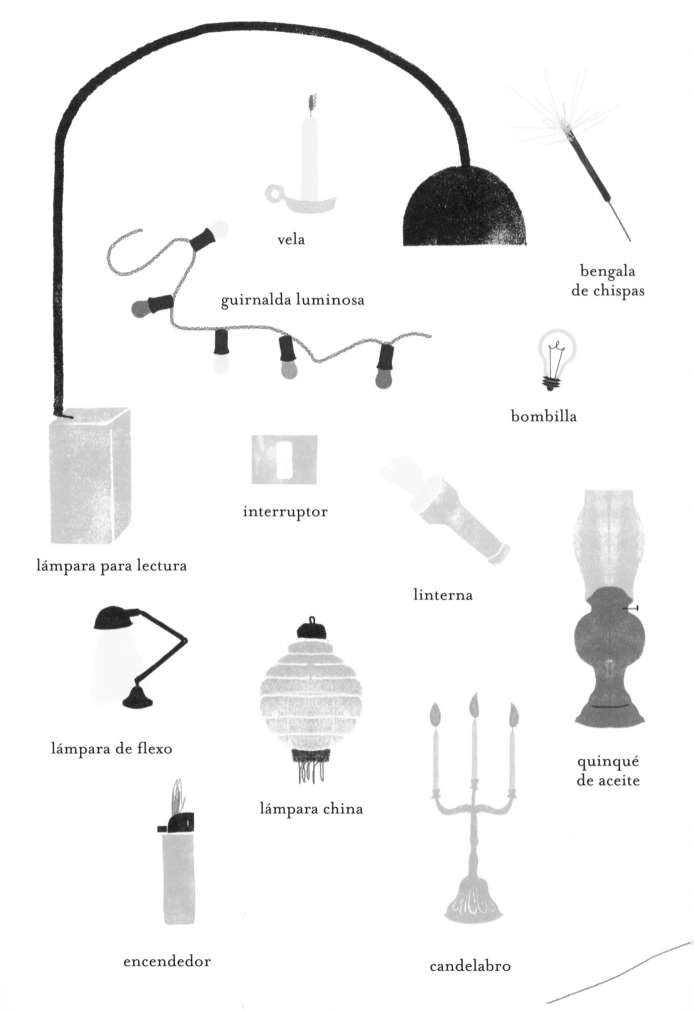

vela

bengala
de chispas

guirnalda luminosa

bombilla

interruptor

lámpara para lectura

linterna

lámpara de flexo

quinqué
de aceite

lámpara china

encendedor

candelabro

lámpara
de techo

ojo de buey

farolillo

ventana

Todas las cosas que dan luz

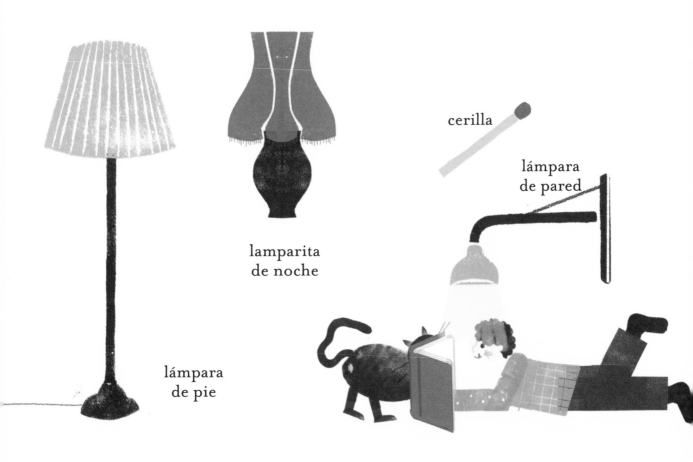

cerilla

lámpara
de pared

lamparita
de noche

lámpara
de pie

cubiertos: tenedor,
cuchillo, cuchara

cafetera

mesa de carnicero

rodillo
de amasar

sartén

escurridor

plato

espumadera

jarra

cocina

batidor
de mano

servilleta
de papel

batidora eléctrica

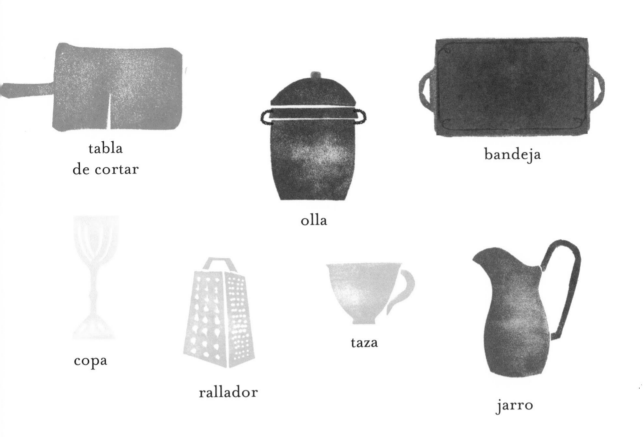

tabla
de cortar

olla

bandeja

copa

rallador

taza

jarro

Todas las cosas que encuentro en la cocina

sopera

ensaladera

manopla

espátula

cucharón

microondas

caja
de herramientas

máquina de coser

tijeras

sierra

espátula

cola de pegar

tornillos

escuadra

cinta adhesiva

llave inglesa

lima
de carpintero

mesa
de trabajo

clavos

botones

retales

taladro

pinceles

martillo

regla

destornillador

Todas las cosas para hacer manualidades

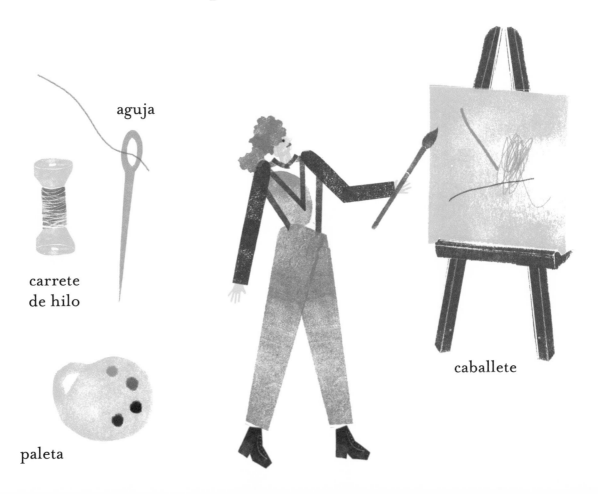

aguja

carrete
de hilo

caballete

paleta

guantes
de jardinero

bulbo

esqueje

regadera

azada

sombrero de paja

semillas

azadilla

rastrillo

escobilla
para jardín

enano de jardín

pala

cañizo
de bambú

manguera de riego

vaporizador

carretilla

tijeras de podar

macetas

pala pequeña

Todas las cosas para cuidar el jardín

botas
de goma

cortacésped

aspersor

cubo

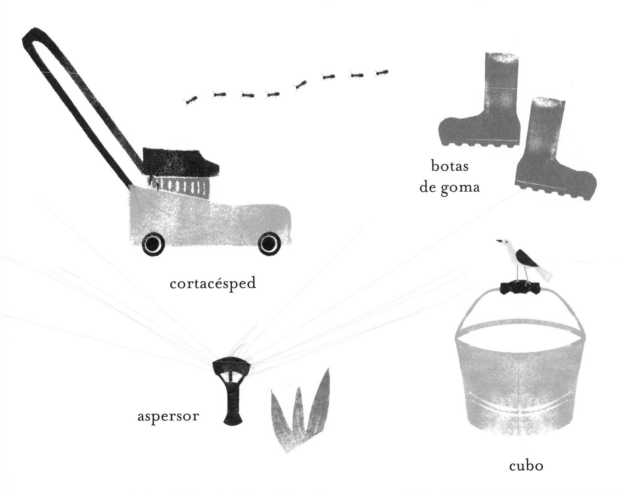

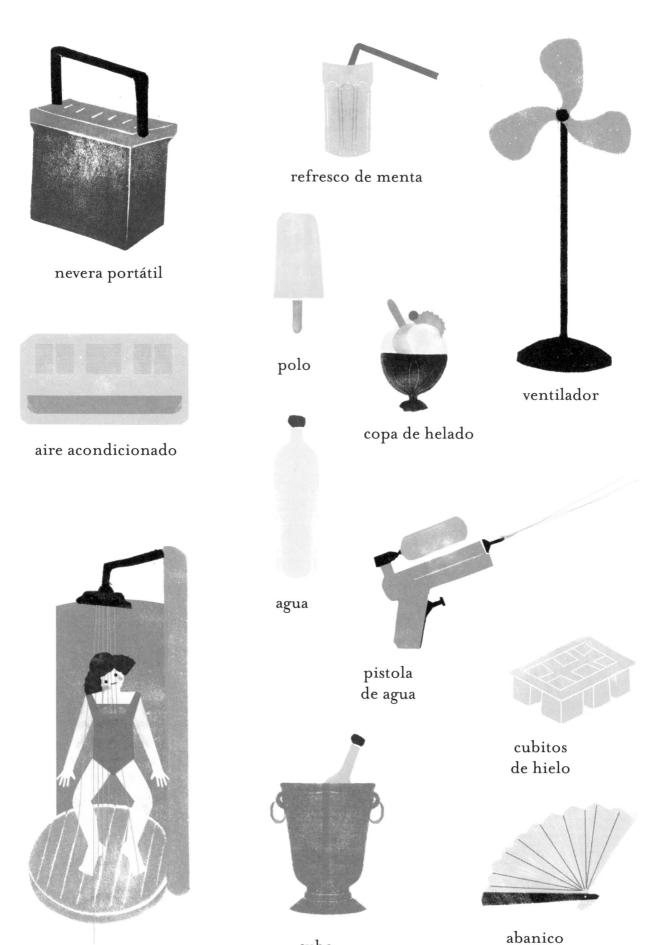

nevera portátil

refresco de menta

polo

copa de helado

ventilador

aire acondicionado

agua

pistola
de agua

cubitos
de hielo

ducha

cubo
con hielo

abanico

ventilador
de techo

parasol

frigorífico

19

Todas las cosas que refrescan

globos
de agua

limonada

grifo

barreño con agua

piña tropical

jersey grueso

chocolate
caliente

gorro
de lana

bolsa
de agua caliente

botella
de aguardiente

bicicleta estática

guantes

bata

bufanda

calefactor
eléctrico

pantuflas

manta

chal

peluche

plumón

mamá

estufa
de leña

Todas las cosas que nos dan calor

infusión

plato de sopa

calcetines de lana

tetera

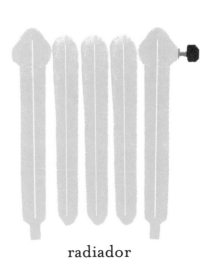

radiador

alfombra

bañera

diván

tumbona

cama

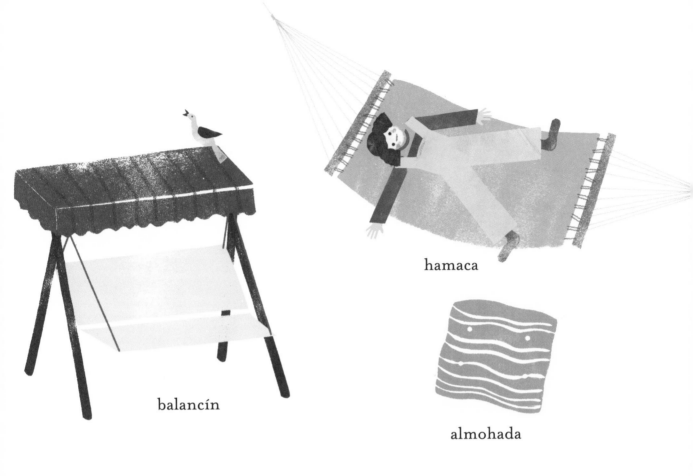

hamaca

balancín

almohada

Todas las cosas donde puedo descansar un rato

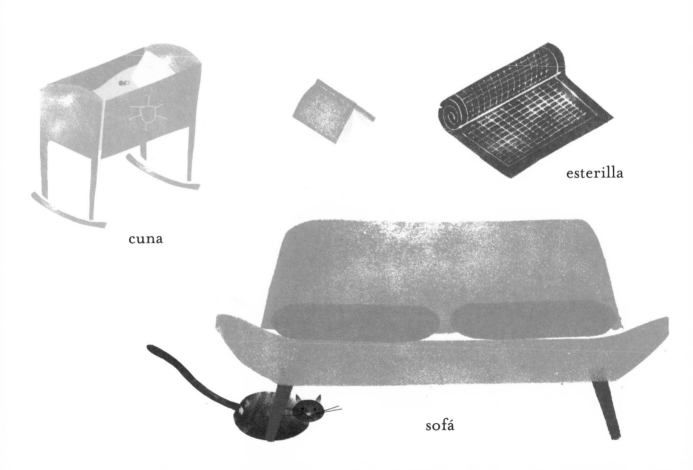

cuna

esterilla

sofá

caja

bolsa de papel

aparador

perchero

frasco

maleta

percha

mesita
con ruedas

hucha

revistero

mesita de noche

cesto
de la ropa

cesta

armario

Todas las cosas para ordenar

25

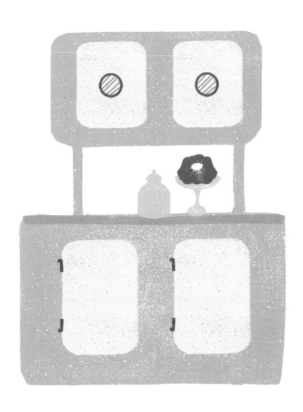

biblioteca

mueble de cocina

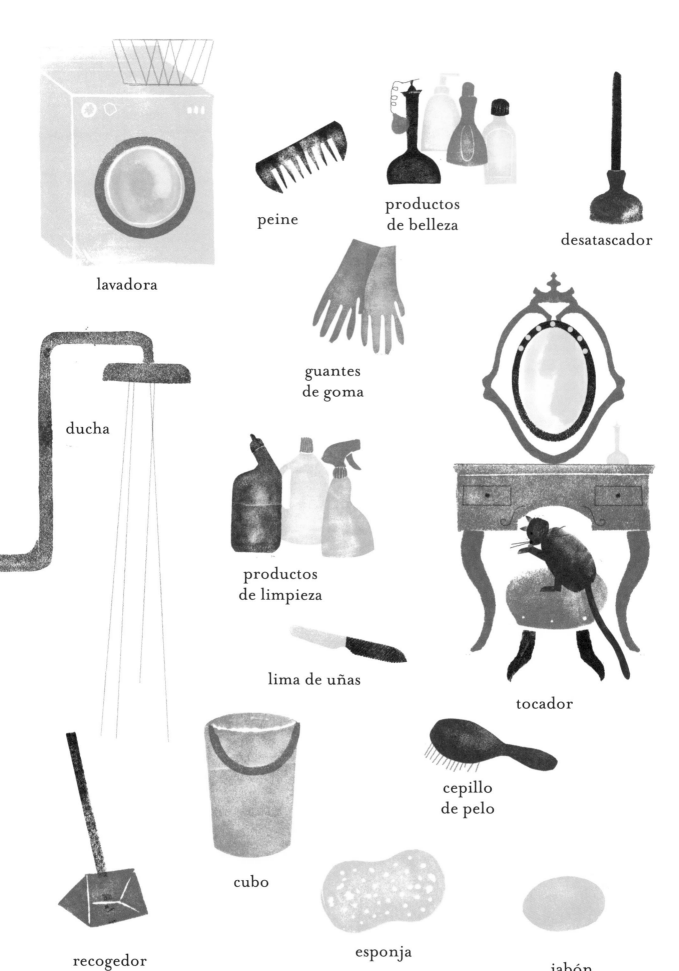

lavadora

peine

productos
de belleza

desatascador

ducha

guantes
de goma

productos
de limpieza

lima de uñas

tocador

recogedor

cubo

cepillo
de pelo

esponja

jabón

bastoncillo

rollo
de papel higiénico

cepillo
de dientes

dentífrico

paño

algodón

aspiradora

maquinilla
de afeitar

Todas las cosas para limpiar

brocha
de afeitar

toalla

rasqueta

pañuelos de papel

escoba

cuadro

planta

corona

ramo
de flores

bola de nieve

pecera

fuente

cortina

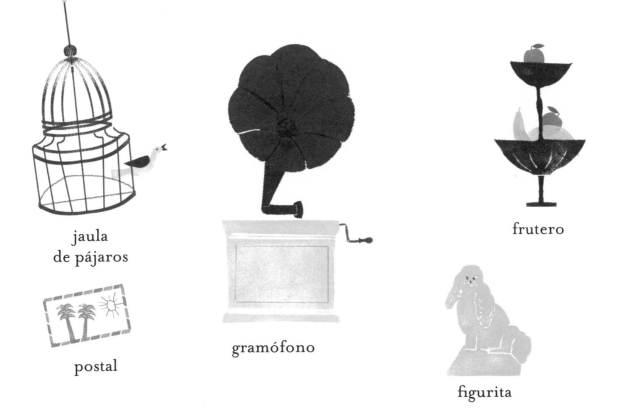

jaula
de pájaros

gramófono

frutero

postal

figurita

Todas las cosas para decorar la casa

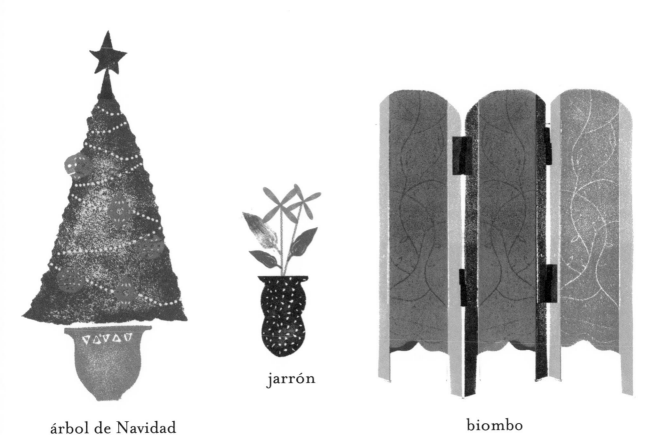

árbol de Navidad

jarrón

biombo

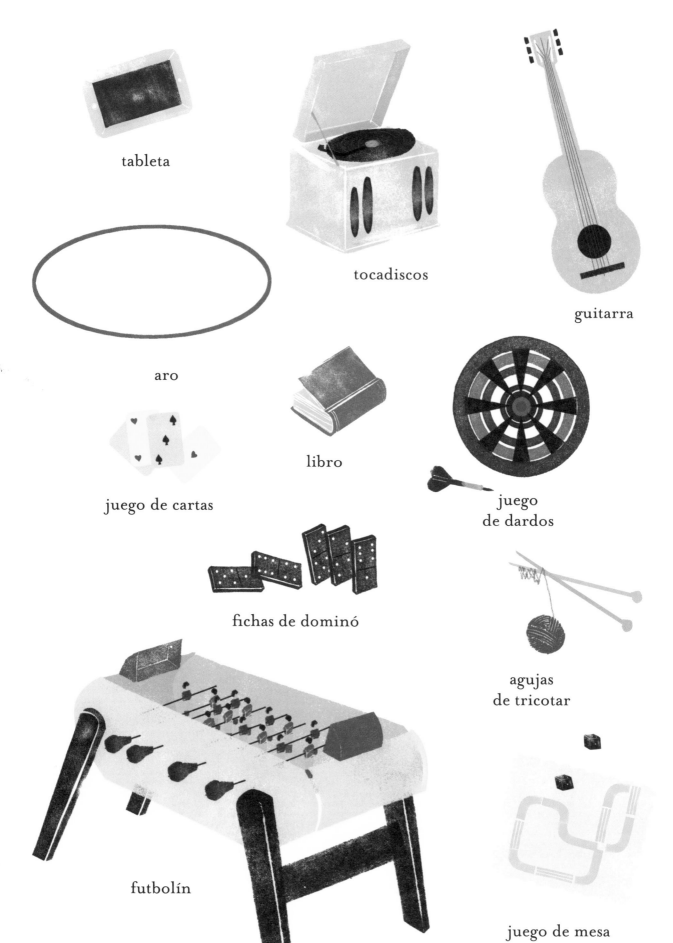

tableta

tocadiscos

guitarra

aro

libro

juego de cartas

juego
de dardos

fichas de dominó

agujas
de tricotar

futbolín

juego de mesa

chimenea

hermano

hermana

televisor

Todas las cosas con las que pasar el tiempo

revistas

costurero

mesa de billar

tonel

reloj
de arena

reloj
de pared

ventana

herrumbre

radio-despertador

planta
pequeña

planta
mediana

planta
grande

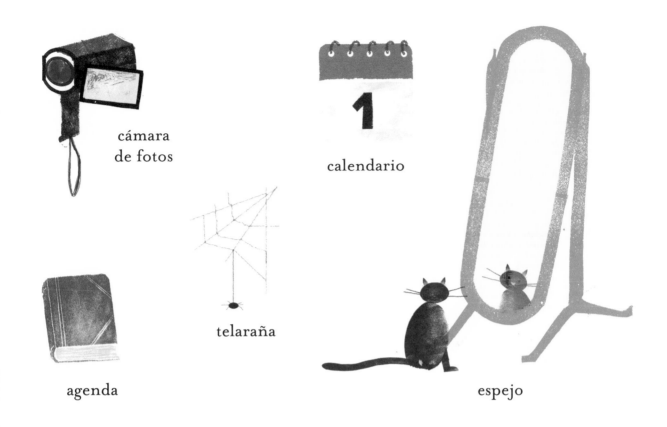

cámara
de fotos

calendario

telaraña

agenda

espejo

Todas las cosas que muestran el paso del tiempo 33

manzana podrida

parche de tela

álbum de fotos

cubo de basura

mueble
archivador

lámpara
de escritorio

clips

silla de escritorio

maletín

sacapuntas

pluma

teléfono móvil

radio

clasificadores

cuaderno

gomas
elásticas

post-it

marcador

grapadora

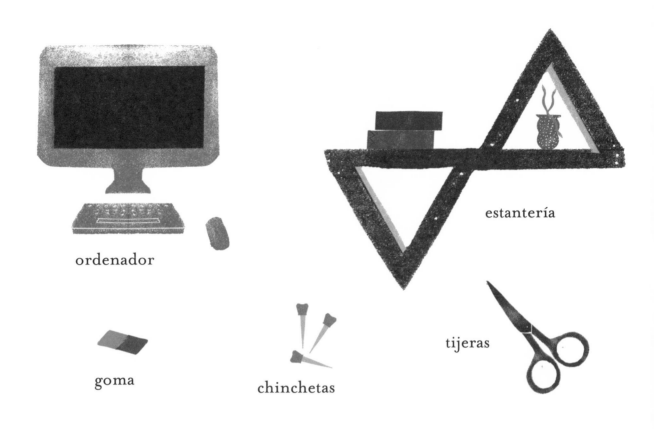

ordenador

estantería

goma

chinchetas

tijeras

Todas las cosas para trabajar

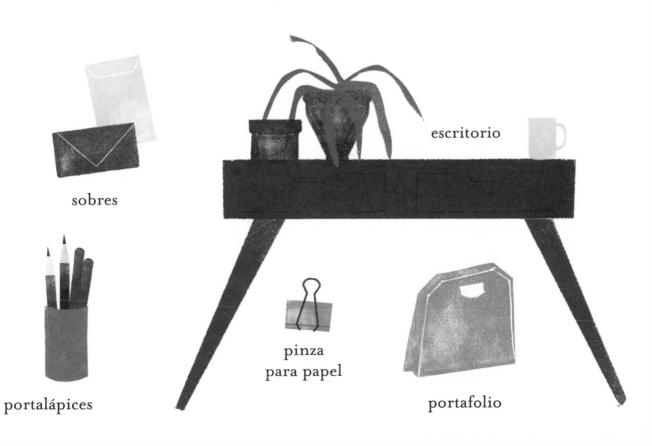

sobres

escritorio

pinza
para papel

portalápices

portafolio

trona

baúl para juguetes

reposapiés

cabaña
en un árbol

escalera
de mano

banco

escalerilla

taburete
regulable

papá

mesa

Todas las cosas a las que me subo

litera

escaleras

camiseta

calcetines
en la lavadora

mochila

anillo

llaves

auriculares

paño de cocina

monedero

pelota

galletas

pinzas
de la ropa

zapato

gato

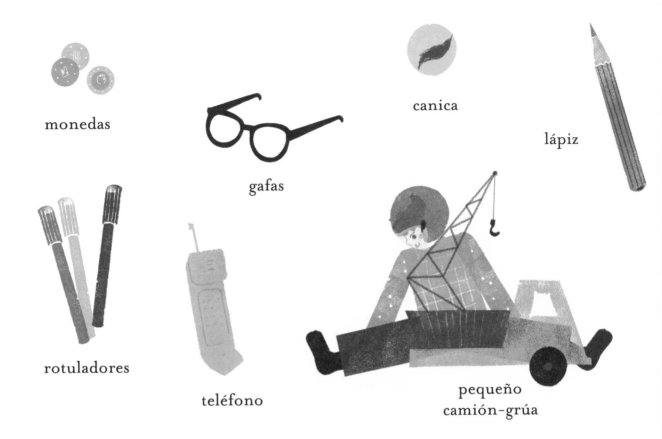

monedas

canica

lápiz

gafas

rotuladores

teléfono

pequeño
camión-grúa

Todas las cosas que están por ahí y se esconden

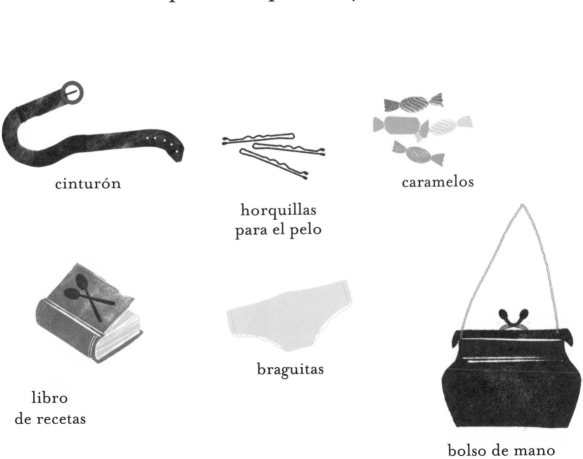

cinturón

horquillas
para el pelo

caramelos

libro
de recetas

braguitas

bolso de mano

mesa
de ping-pong

sillín
de columpio

silla
de jardín

sombrilla

mesa
de jardín

perro

tobogán

piscina hinchable

refresco

cubeta de arena

barbacoa

Todas las cosas para estar al aire libre

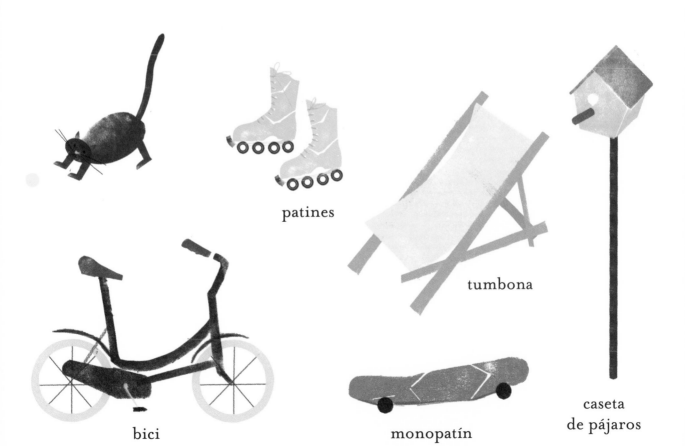

patines

tumbona

bici

monopatín

caseta
de pájaros

Seguro que lo has adivinado.
Olga soy yo, con mis largos bigotes.
Te he acompañado por todos los objetos de la casa
y estoy aquí, delante de ti.

Índice

Índice